PIÈGE A BOCHE

L'auteur, aux valeureux « Poilus »
Offre tous ses meilleurs saluts
Et leur envoie, à mettre en poche,
Ce joli petit piège à boche.

SONGE D'VNE NVIT D'HIVER

Jehan ROTT

VISION DE GVERRE

SONGE

D'VNE NVIT D'HIVER

1914

L'âge d'or existait quand l'or n'existait pas.

TROYES

Gustave FRÉMONT, Imprimeur

Rue Urbain IV, 85

SONGE
D'VNE NVIT
D'HIVER

1914

**Dédié à mon respectable ami
le Policeman « ROBERT ».**

Je dormais tranquillement dans mon lit lorsque je ressentis une légère secousse et en un clin d'œil je me trouvai transporté, comme il m'arrive souvent, aux Enfers.

Le premier personnage de marque que j'eus l'honneur de rencontrer fût le grand

roi, cher au cœur des potaches de tous les
pays, j'ai nommé Charlemagne, Empereur
d'Occident. Sachant qu'il n'était pas fier,
car il s'est longtemps contenté d'un socle de
pierre en bois pour sa statue équestre en
bronze sur le parvis Notre–Dame, je lui
demandai l'opinion qu'il avait du kaiser
(deuxième marque), depuis le premier août
de l'an de grâce 1914. Il ne daigna pas me
répondre, mais il me regarda d'un air froid,
d'un œil courroucé. Je fus tellement inti-
midé que je perdis toute contenance. Je
n'insistai pas. Je me retirai.

Pépin-le-Bref, un homme bien doux
pourtant, me dit, en réponse à la même
question : « Mon cher ami, ne me parlez
jamais de ce client-là. Il y a belle lurette
qu'il nous dégoûte tous Si parfois il avait
l'outrecuidance de venir traîner ses guêtres
jusqu'ici, entre nous tous, vieux Empereurs
et vieux Rois, y compris nos Dames, la

consigne est donnée, on tournera le dos à ce petit hobereau. »

Napoléon Iᵉʳ me reçut aimablement, ce qui n'est pas banal. Quand je lui parlai du roi de Prusse (deuxième marque), il eut tout d'abord un étouffement suivi d'un échappement de gaz et s'écria en jurant : « Sacré nom d'une chanterelle, qu'on ne s'avise pas de l'envoyer à Sainte-Hélène. Il est indigne de me succéder dans cette oasis. S'il se permettait de mettre un jour les pieds sur ce sol béni qui renferme encore tant de souvenirs de moi, mon Ombre vengeresse ne manquerait pas de se dresser face à lui, pauvre mécréant, et lui crierait d'une voix canonnante : Arrière, mon cousin, tu ne sens pas bon. »

Et, dans le tuyau de l'oreille, confidentiellement il me glissa ces paroles qui sont, en vérité, celles de la situation : « Après la casse, il faudra trouver à ce coco-là, une île,

bien loin, aux antipodes de Paris ou de Greenwich, puisqu'il s'est mis lui-même, de son plein gré, aux antipodes de l'humanité. C'est le mieux qu'on puisse souhaiter à celui que l'Histoire a déjà baptisé, pour rester polie : « Guillaume-le-Toqué. » (1).

Il paraît, ajouta-t-il, que cette espèce d'Arlequin possédait une riche collection de livrées plus rutilantes les unes que les autres et garnies d'une ferblanterie abondante. J'ose espérer que la France et les Alliés lui offriront bientôt le seul costume qui manque essentiellement dans sa boutique : la Camisole de force. Toute réflexion faite, il a peut-être droit, en effet, à la place d'honneur dans l'asile de Charenton ou aux Petites-Maisons. Les hôtes de ce séjour enchanté ne

---

(1) Voir : GARGOVILLES, par O. D. Johnton, Doctor. — 1910, — page 57.

JEHAN ROTT contemple, d'un œil froid, le
dernier des rois de Prusse déguisé en bec de gaz.

« Prophéties d'Hermann et de Mayence! Prédic-
tions de Fiensberg! les temps sont révolus, vous
serez bientôt réalisées! »

Illustrations de Mme la Baronne de Grosminet.

L'ALLEMAGNE ÉCLAIRANT LE MONDE

Bismarck et de Moltke
montrent copieusement ce qu'ils en p...ensent.

pourront mieux faire, pour le recevoir congrûment, que de lui chanter en chœur :

« *Dignus, Dignus es intrare*
In nostro docto corpore. »

En quittant le père illustre de l'Aiglon, j'eus la bonne fortune de rencontrer un de mes vieux amis et des meilleurs, l'Invalide à la Tête de bois. Nous en avons fait, ensemble, des parties de dominos et surtout de pipopipette ! Je le trouvai tranquillement assis dans un joli bosquet de houx. Il a la peau dure et l'on voit qu'il n'a pas peur de se piquer le nez.

Il était entrain de revisser son chef sur ses épaules, car il a pris l'habitude de l'enlever pour faire sa petite sieste. Cela lui permet de respirer plus librement et lui évite aussi le désagrément de ronfler.

Bonjour, mon cher Jehan, quel aéro vous a véhiculé jusqu'à nous. Soyez le bienvenu.

Je vais vous présenter au bon roi Dagobert
à saint Eloi et à son fils Oculi. Avec
Cambronne, le vaillant général français,
l'enfant gâté de Nantes-sur-Loire, nous ne
nous quittons pas. Nous sommes de vrais
frères siamois, sauf la membrane. J'ai d'ail-
leurs une telle confiance en eux que je leur
prête toujours ma tête quand ils veulent
jouer aux quilles — ce qui me taquine, c'est
que je ne peux pas juger les coups !

L'autre jour, par exemple, cela a failli
me coûter cher. Dagobert, on ne se le figu-
rerait pas, a encore du biceps : il a envoyé
rouler ma tête en buis dans le Styx. Heureu-
sement qu'on a prévenu de suite le Nauto-
nier bien connu Caron. Sans son bateau
glisseur (L'Administration ne lésine pas, la
barque de bois du passeur, qui était pourrie,
a été remplacée par le dernier modèle qu'on
a pu voir évoluer si gracieusement à la
surface des eaux du bassin de Barberey).

Sans lui, c'est le cas de le dire, je perdais la
boule. On l'a repêchée. On l'a rapportée
(sans récompense parce que notre groupe
est très bien vu). Mais vous ne l'ignorez pas,
les eaux du Styx servent dans l'Industrie à
faire le noir bon teint (1).

Vous voyez d'ici comme il a fallu me fric-
tionner. J'ai cru, un moment, que j'allais
avoir une chevelure d'artiste et une barbe
de prophète Je serais devenu au physique
ce que j'ai toujours été au moral, l'ancêtre
de tous les « Poiluts ».

Je devine vos intentions, me dit-il, je
devine votre désir : vous voulez savoir, nous
qu'un vil métal ne peut corrompre, ce que
nous pensons du roi des Boches (deuxième
marque), ce véritable marchand de mort

---

(1) « *Non avidos Styx habet atra Deos* ».
OVIDE.
Ce qui veut dire que « sur les bords du *noir* Styx on ne
voit pas errer de Divinités cupides.

subite qui voudrait surtout être le roi des « poches ». Adressez-vous à Cambronne, il est fixé, tout comme nous, à ce sujet-là. Contrairement à ce qu'on s'imagine souvent, c'est un homme très aimable, très doux, mais ne lui marchez pas sur les pieds parce que cela l'électrise et alors.....!

En tous cas, je peux vous l'affirmer d'avance, dès que ce particulier-là arrivera dans nos parages, on le priera d'aller râtisser les allées. Nous lui crierons à haute et intelligible voix et au besoin, du brave saint Eloi, le fils Oculi soufflera : « Merci, mon prince, sais-tu, pour une fois, ici, nous ne voulons pas de colosse sale. »

Après avoir pris congé de ces vieux amis je me dirigeais vers la sortie, lorsque je crus me rencontrer nez à nez avec le dit Wilhem (deuxième marque). Mon sang ne fit qu'un tour et, rassemblant toute l'énergie dont je me croyais susceptible, je lui envoyai, en

plein dans la figure, un formidable coup de poing.

Au même instant retentit dans la maison un fracas épouvantable qui me réveilla brutallemand (!) Je pensai d'abord qu'une marmite venait de broyer ma batterie de cuisine et toute ma vaisselle : il me suffit d'entr'ouvrir l'œil gauche pour constater l'importance du dégât. J'avais tout simplement envoyé promener ma lampe à pétrole, avec une vitesse inouïe, au beau milieu de la pièce.

Vivement je sonnai la « Joconde ». C'est ma servante. Elle accourut tout effrayée et me dit :

— « Monsieur serait-il indisposé ? Veut-il que je lui apporte une tasse d'infusion avec trois têtes de camomille ?

— « Merci, ma bonne Joconde, c'est inutile. Tu vas seulement ramasser toutes ces miettes qui sont là dans ma chambre. C'est pourtant de la faute à ce cochon de Guillaume.

— « Oh ! Je vous demande pardon, Monsieur Jehan, ce n'est pas de sa faute, je vous assure. Il n'a pas bougé de la cuisine ; il est toujours dans son panier. »

Je n'insistai pas. Je songeais à l'empereur des Alamans, au roi des Bouffis qui prétendait naguère imposer sa suprématie à tous les Mondes et même à quelques autres encore, et ma vieille nourrice, elle, pensait à mon cabot, un vilain boule-dogue de la race dite « Bismarck. » Et ce nom et cette race expliquent clairement la raison pour laquelle j'éprouve un double plaisir, soyons bons pour les animaux, chaque fois que je puis lui botter le derrière.

Je la laissai vivre son illusion et pendant qu'elle enlevait les débris, je commençai à lui raconter, suivant mon antique coutume, l'histoire de la « Tête qui dort. »

JEHAN ROTT,

de l'Académie de Sainte-Savine.

Christmas 1914.

DERNIÈRE HEURE

On nous envoie l'épitaphe du roi des Teutons (1), composition délicate de Monsieur son fils :

« DA LIEGT MEIN VATER. ACH ! WIE VIEL IST ER WOHL,
FÜR SEINER RUHE UND BESONDERS FÜR MEINER. »

« Ci-gît mon père. Ah ! qu'il est bien,
Pour son repos et pour le mien. »

*(Communiqué direct de l'Agence WOLFF,
de Berlin, par escargots sympathiques.)*

(1) Ceci nous rappelle l'opinion qu'avait de cette graine-là l'un des critiques les plus fins des temps modernes et dont l'impartialité paraîtra d'autant moins suspecte aux populations qu'il était plus végétarien. Nous citons textuellement :

« La Gaule, c'est l'esprit, c'est la grâce, c'est le génie, c'est la gloire ! »

« La Germanie, c'est du lard et son surhomme..... un sous-pied. »

MODE D'EMPLOI

Faire lire à la personne dont vous voulez connaître le sentiment intime les pages qui précèdent.

Si elle se gondole ou même elle a simplement le sourire, c'est qu'el ne la France et les Français.

Si le lecteur, au contraire, fronce les sourcils ou se met à ribouler des yeux, vous êtes fixé, vous pouvez être sûr que celui-là préfère le lard.

www.ingramcontent.com/pod-product-compliance
Lightning Source LLC
Chambersburg PA
CBHW061747180626
46818CB00006B/2791